タマコはルンルン

サンタ

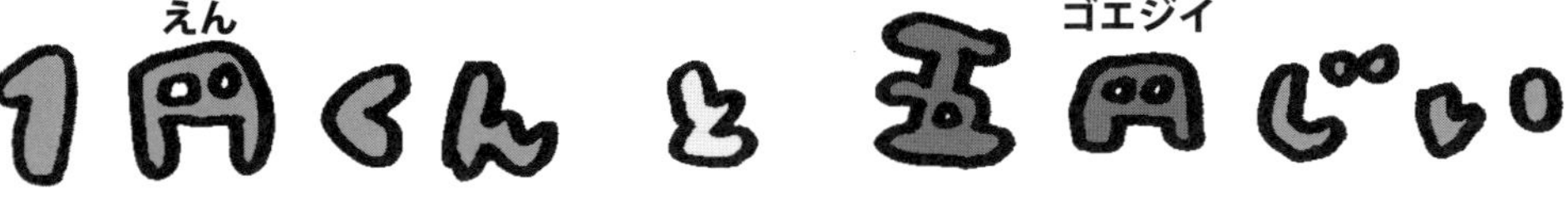

久住昌之・作　久住卓也・絵

ポプラ社

ジパンキという、
小さな　しまぐにの、
うみに　ちかい
小さな　おかの　上に、
これまた　小さな　うちが
たっています。
そのうちには、
タロウと、ジロベと、
タマコと、サンタの

一円玉（いちえんだま）の
きょうだいと、
その　かぞくが
すんで
います。

いま、うちに　いるのは、この　四人と、
五円玉の　ゴエジイだけです。
五百円玉の　パパは　かいしゃに　いっています。
百円玉の　ママは、ろうじんホームの
おてつだいに　いっています。
五十円玉の　おねえちゃんは、こう校に
いっています。
十円玉の　おにいちゃんは、小学校に
いっているのです。

じゃ、いってきます

おやつは3時にね

けんかしないのよ

じゃあね～

一円玉(いちえんだま)の　四人(よにん)は、
まだ　ようちえんに　入(はい)っていないので、
ゴエジイと　うちで　るすばんです。
「ねえ、みんな」
と　タロウが　いいました。
「うちの　なかで　あそぶのにも、
あきたから、そとに　出(で)ようよ」
ジロベが　ふりむいて、
うれしそうに　こたえました。

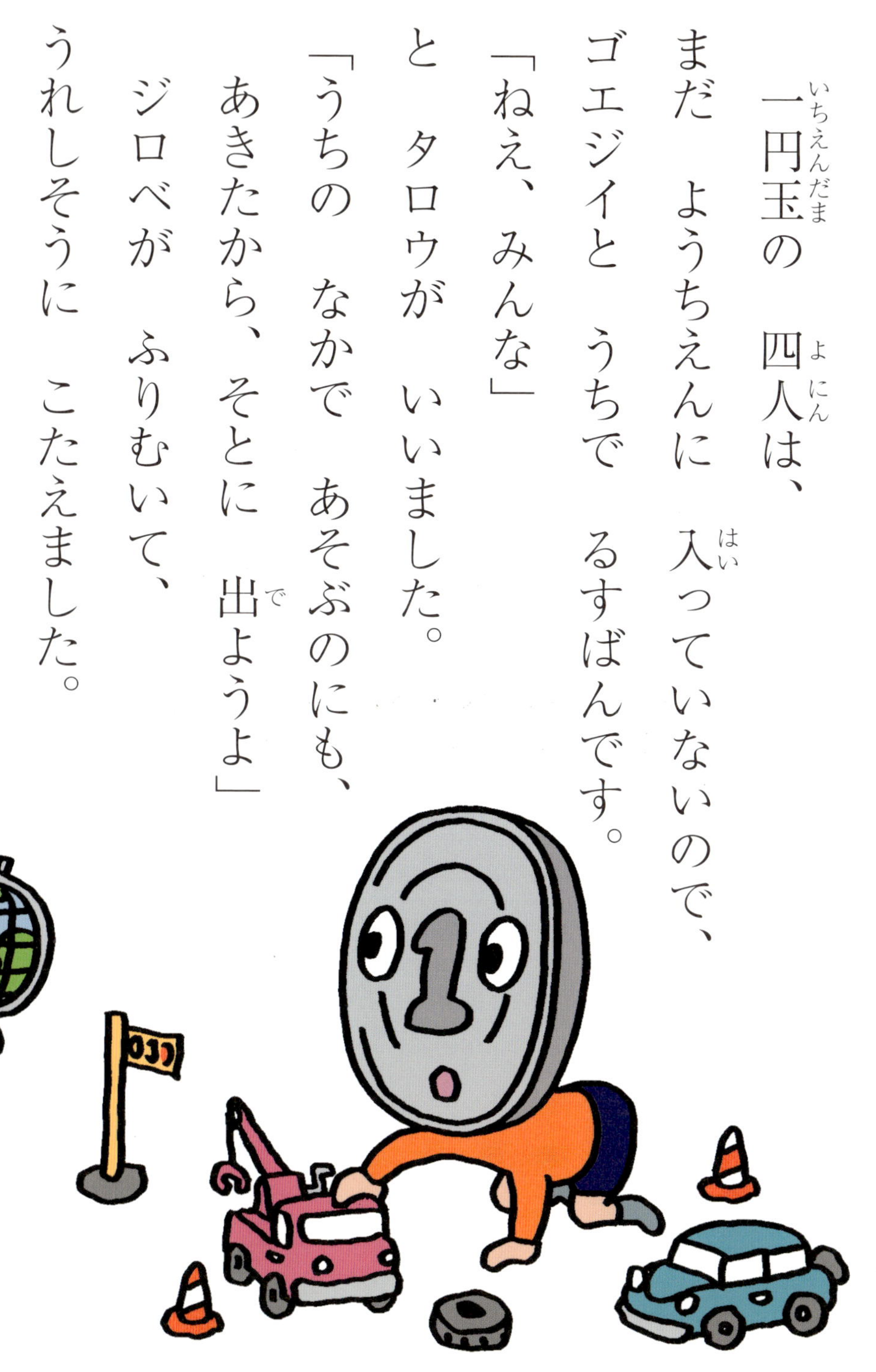

「さんせい！　おいしい
のいちごを　たべたいなあ。
ぼく、おやつまで　まてないよ」
タマコが、
「ジロベにいちゃんは、
いつも　たべることばっかり
かんがえてるのね」
と　ジロベを　つつきました。
すると　サンタが、

「十円(じゅうえん)にいちゃんが、森(もり)の　むこうの　大(おお)きな
木(き)に、『たべられる花(はな)』が　さいたと　いってたよ」

と　いいました。

それを　きいた、ジロベと
タマコは、こえを　あわせて、

「たべられる花(はな)!?」

と　さけびました。

「花(はな)が　たべられるの？」

と　タマコ。

「うん、とても　めずらしい
花(はな)で、そのまま　ムシャムシャ
たべられるらしい。あまくて、
すっごく　おいしいんだって」
「うへ、たべたい！」
と　ジロベ。
「よし、そこへ　いこう！」
タロウが　たちあがりました。
すると　サンタが、

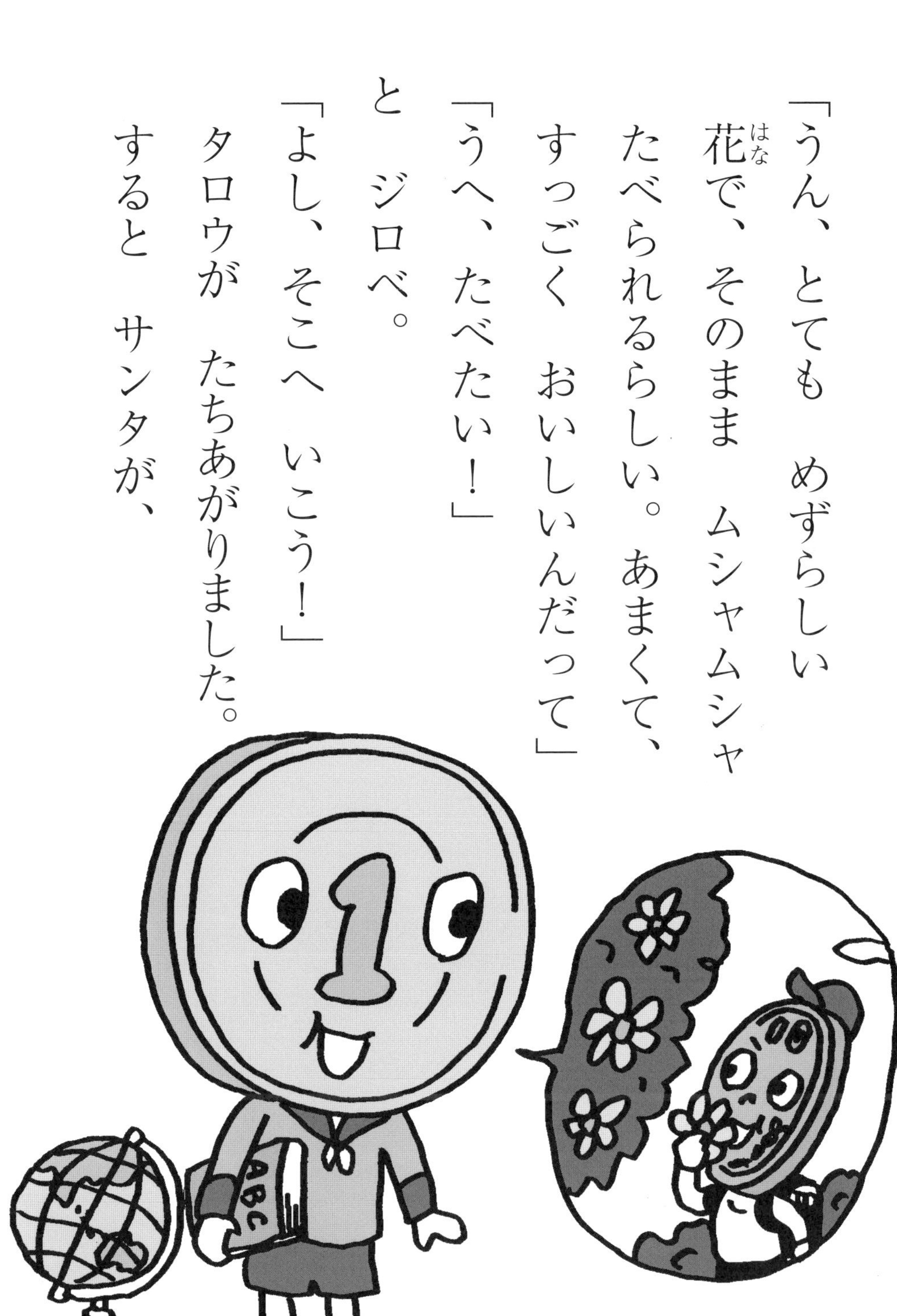

「まって。その木(き)は　森(もり)を　こえた　とおくに
あって、まわりには、おそろしい
『クマンバチ』も　いるらしいよ」
と　いいました。
「じゃあ、いかないぶる」
ジロベが　ブルブル　ふるえだしたので、
みんなも　だまってしまいました。
「そうだ。ゴエジイに　たのんで、
つれていってもらおうよ」

タロウが　かおを　あげて　いいました。

「ゴエジイなら　きっと　しってるね！」

みんなは、うなずきました。

ゴエジイは、べつの　へやで、
テレビを　つけたまま、ねていました。
「ゴエジイ、おきて！　ねるなら
テレビ　けしてよ！　ちきゅうの
おんだんかでしょ！」

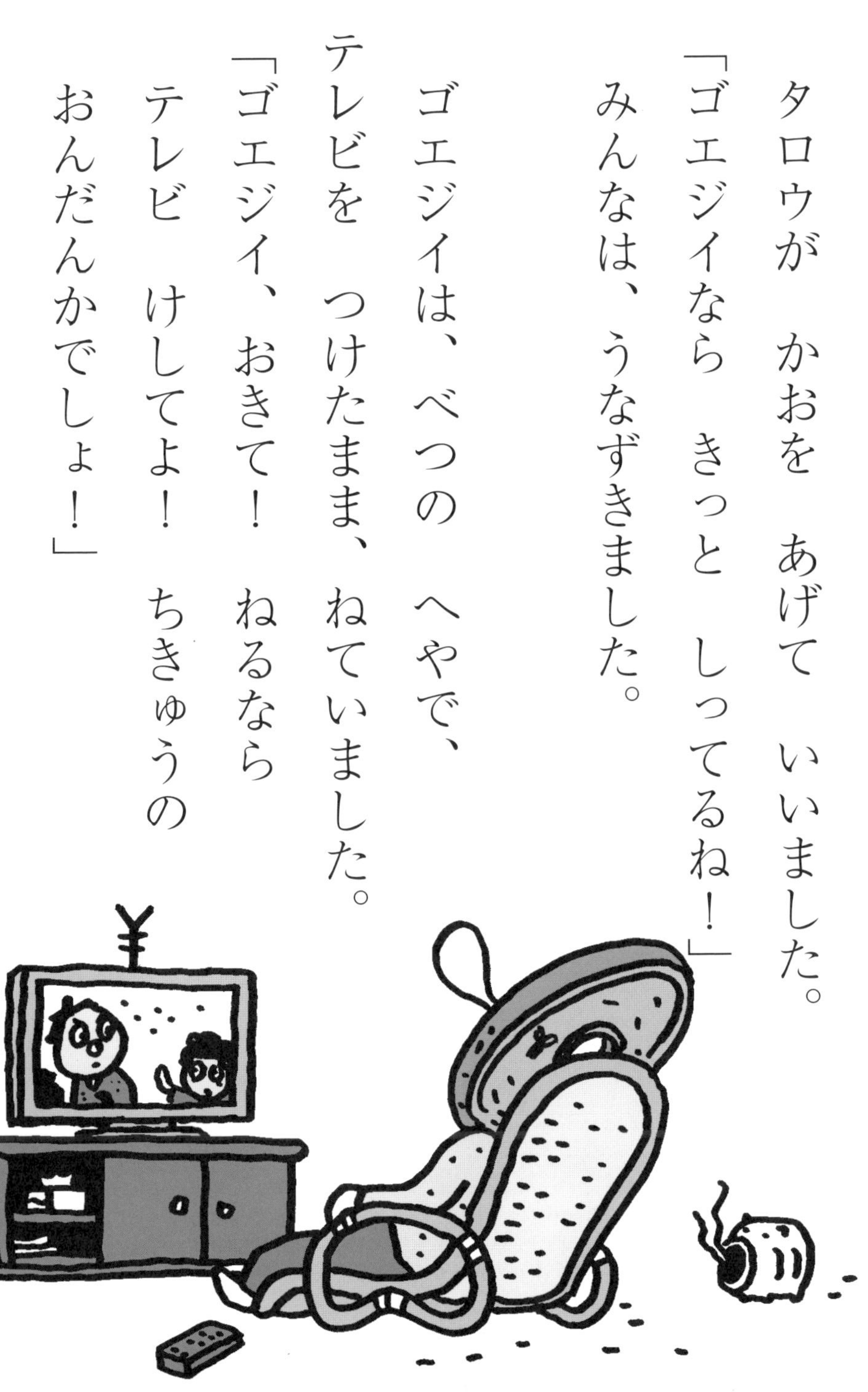

と　タマコが　どなると、ゴエジイは、
かた目（め）を　あけて、
「音（おと）だけ　きいて
　いたんだよ」
と　うそを　つきました。

「ぼうけん？　いったい　どこに」
ゴエジイが　ねむたそうに　いいました。
こたえると、サンタが、しずかに
「森の　むこうの　大きな　木に、
たべられる花が　さいたらしいの。
そこに　いきたいんだけど、とおくて　みちが
わからないし、クマンバチも　いるんだって。
だから、ゴエジイに　つれていってもらって、
ひみつの　まほうで　まもってもらいたいんだ」

そうです。
ゴエジイは、七十九さいの
たんじょう日の　つぎの日から、
いろいろな　とくべつの　力が
そなわったのです。

でも、そのことを　しっているのは、
一円玉の　四人だけです。パパも　ママも
おねえちゃんも　おにいちゃんも　しりません。
それで「ひみつの　まほう」と　いっているのです。

「ああ、その木なら　しっているとも。
おいで」
ゴエジイは、
四人を　二かいの
ベランダに
つれていきました。

とおくに　ふかみどりいろの　森が
こんもりと　ひろがっています。

ゴエジイが　いいました。
「そうか　そうか。あの木に　花が　さいたか。
そら、ここから　のぞいてごらん」
ゴエジイは、じぶんの　かおの　まんなかの
あなを　のぞくよう、タロウに　いいました。
タロウが　のぞくと、あなは　ずっと　とおくまで
見える　ぼうえんきょうに　なりました。
「あ、すごい。森が　すぐ　ちかくに　見える。
あの　一本だけ　とびだしているのが　その木？」

「そうじゃ」

「ぼくにも　見せて」

「あたしにも！」

みんな　かわるがわる、あなを　のぞきこみました。

「でも、あんな　とおくまで　どうやって？」

サンタが　しんぱいがおで　ききました。

「ふふふ、空とぶ　わかばじゃ」

ゴエジイは、あたまの　うしろから　金いろの
はっぱのようなものを　四つ　とりだして、
一円玉たちの　せなかに　くっつけました。
すると、はっぱが　はたはたと　はねのように
はばたきました。
「すごい！　これで　とんでいくの？」
「そうじゃ」
いつのまにか　ゴエジイにも　金いろの　はねが
はえています。

「さあ、いくぞ。おもいきり、とびあがるんだ」

ゴエジイが　いうと、ジロベが　なきそうなかおで、いいました。

「はねが　とれて　おちやしないかな……」

「こわがってないで　わしに　つづきなさい。

やっ」

と　いうと、ゴエジイは　ベランダから　とりのように　とびたちました。

「やっ」
「やっ」
「やっ」
タロウ、
タマコ、
サンタも、
ゴエジイの
まねを　して
とびたちました。

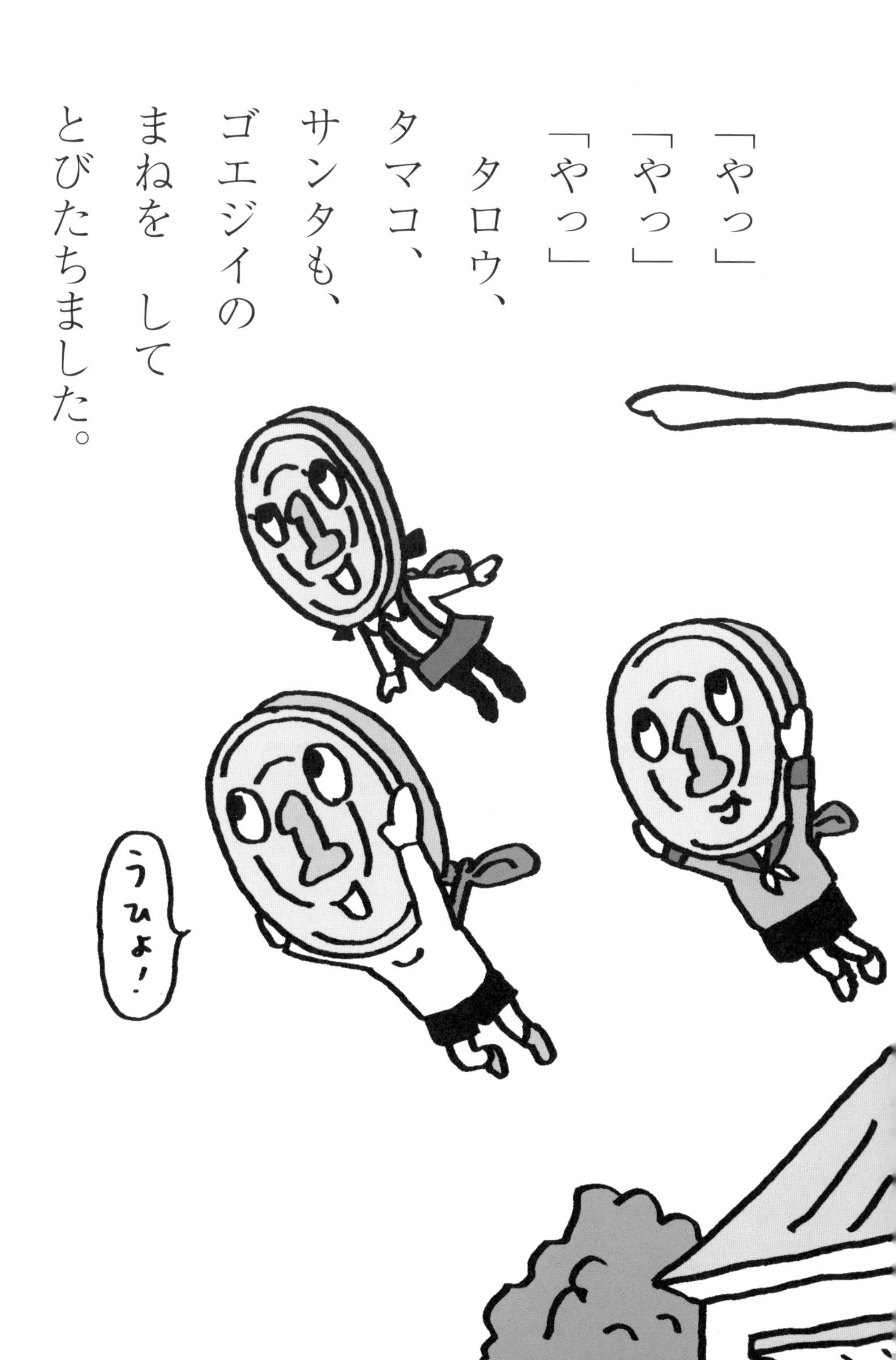

「ま、ま、まってえ」
ジロベは、ベランダの
さくを　ぎゅーっと
にぎって　なみだを
うかべています。
「はやく！　ただ
ジャンプするだけで
いいんだよ！
やっ、って」

タロウが　やねより　たかい
ところから　さけびました。
ジロベは、目を　つぶって、
「や、ややっ」
と　ほんの　ちょっぴり
ジャンプしました。

そのとたん、ジロベの　おしりから　ぷっと
おならが　もれました。ジロベは、じぶんでも、
おかしくなって、おもわず　目を　あけて　びっくり。

できたじゃん!

もう　でんしんばしらより　たかい　ところを
とんでいるでは　ありませんか。

とぶのは　おそわらなくても
かんたんでした。
ちっとも　こわくありません。
ジロベは　うれしくなって、
こんどは　わざと　大きな　音で、
ぶぶうっ
と　おならを　しました。
五人は　どんどん　たかく
とんでいきます。

いえも　どうろも　じどう車も、
おもちゃのように
小さく　なりました。
とおくに　でん車が
はしっています。
大きな　川が　たいようの
ひかりで　キラキラと
ひかっています。
「あ、見て、

「たかい　タワーが
けんせつちゅうよ」
タマコが　ゆびさす
ほうを　見(み)ると、
てっぺんに　クレーンが
いくつも　ついた
タワーが　くもに
とどきそうです。

森が　ちかづいてくると　ゴエジイは　だんだん
ひくい　ところへ　おりて　いきます。
みんなも　それに　つづきます。空とぶ
わかばの　はねは、よく見ると、トンボの
はねのように　こまかく　はばたいています。
森から　とびだした
大きな　三かくの　木が
ちかづいてきました。
「あれだね！」

タロウが　いうと、
ゴエジイが
「そうじゃ」
と　こたえました。
五人は　ゆっくりと
木の　そばに　いきました。
でも、花は　見えません。
「ゴエジイ、花は？」
タロウが　ききました。

「あわてるでない。だいじな　ものは、いつも
すぐ　そばに　かくれているものじゃ。

おちついて　はっぱの　下(した)を、よく
さがしてごらん」

すると、

「あ、あった」

と　サンタが　小(ちい)さな　こえで　いいました。

「どこ？　どこ？」

ジロベと　タマコが

どうじに　大ごえで　さけびました。
ゴエジイが
とびながら　ふりかえり、
「これこれ　大ごえを
出すな。わるものが
おでましに　なるからの」
わるもの、という　ことばを
きいたとたん、ジロベは
ブルルッと　ふるえました。

「そうだ。クマンバチのことを
わすれちゃ　だめだよ」
タロウが　いいました。
みんなは、だまって　サンタの
そばに　あつまりました。
サンタが　ゆびさす　ところを　見る（み）と、
はっぱの　かさなった　ところから、ももいろの
花（はな）が　のぞいています。
「ほんとだ！」

タロウが　こえを　ひそめて
さけびました。ゴエジイが
うなずき、手を　のばして
花を　ちぎりました。
おにぎりくらいの　大きさで
花びらの　たくさん　ついた
花です。みんな　目を
まるくして　見ました。
するど、ゴエジイは　にっこり

「うむ」

と　いい、花に　ぱくりと　かぶりつきました。

みんな　ゴエジイが　いきなり

花を　たべたので　びっくり。

でも、すぐ　ジロべが、

「ボクにも　ちょうだい。ボクにも」

と　いい、タマコも　手を　のばしながら、

「おいしいの？　おいしいの？」

と　ききました。

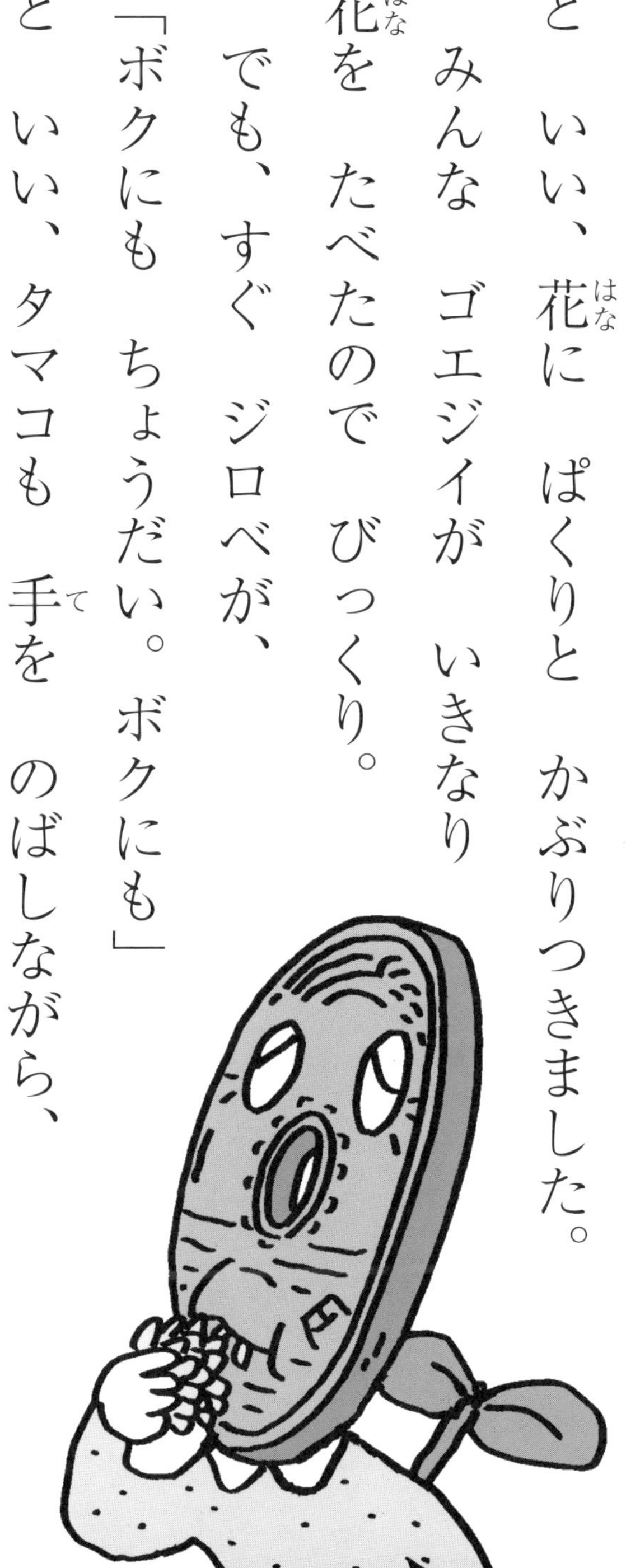

ゴエジイは、口を　もぐもぐ　させてから、
ごくんと　のみこんで、
「うん。うまい。はごたえが　いい。もっと
あるから　じぶんで　見つけて　おたべ」
と　いいました。
すると　サンタが、
「その花、ぼくが　見つけたのに……」
と　口を　とがらせました。
「あいや、ごめん　ごめん。そうじゃった」

ゴエジイは、のこりの　花を
サンタに　わたしました。
サンタは　おそるおそる
花びらを　三まい
たべてみました。
さくさくと　なんどか
かむと　さいしょ　ちょっと
すっぱくて、それから　あまい
あじが　口の　なかに　ひろがりました。

んー！　おいしい!!

それを　きいた　ジロベの　口(くち)から、
よだれが　たらたらと　たれています。
みんな　ミツバチのように
木(き)の　まわりを　とんで、
花(はな)を　見(み)つけると、
ちぎった　花(はな)びらを
たべてみました。
タロウが、

「あまい！」

と いい、タマコは、

「とっても いい かおり！」

と 目を ほそめ、サンタは、

「たべたことが ない あじだよね」

と うなずいて かみしめています。

ジロベは、花を 三つも 四つも かかえて、

むがむちゅうで たべています。

「たべすぎちゃ いかんぞ。ゆうはんが

たべられなくなるからな」

ゴエジイが　ジロベに　ちゅういしました。

「たべられなくたって　いいもん。いま、おなかいっぱい　たべたいもん！」

と　ジロベが　口ごたえしました。

すると、タロウも　いいました。

「いや、だめだ。ゴエジイの　まほうで　ここにきたことは、パパたちには　ひみつだよ。ゆうはんがたべられなかったら、あやしまれるじゃないか」

「で、でも〜」

ジロベは、花を　かかえて　ふまんそうです。

ゴエジイは、

「この木の　名まえは、カキナムート。この　しまに　一本しか　ない　木なんじゃ。花が　さくのは、五年に　一どだけなんじゃぞ。さあ、とぶのも　つかれただろう？　木の　なかに　入ろう」

と　いうと、はっぱを　かきわけて　木の　なかに　きえました。あわてて　四人は　おいかけました。

もしゃもしゃした
はっぱを　かきわけていくと、
ふとい　みきから、くねくねと
たくさんの　えだが　のびています。
すると、大きな　三かくの
へやのような　ばしょに　出ました。
「うわー、木の　なかに、こんな
せかいが　あったなんて！」
タロウが　さけびました。

そこは、すこし　くらいけれど　こもれびが、ところどころから　ななめに　ひかりの　すじをつくっています。いろいろな　いろの　ちょうちょうもとんでいて、とても　いい　においが　します。

「ゆめの　くにみたい」

タマコが　えだに　すわって、うっとりしています。

「あ、なかにも　花が　さいてる！」

うすぐらさに　目が　なれてくると　まわりのかべ一めんに、花が　さいているのが　見えました。

「ハハハ、でも　なかの
花（はな）は、おいしくないんじゃ。
ひが　あたる　そとの
花（はな）の　ほうが　あまい」
「じゃ、ぼく　そとに　もどろっと」
「あまり　とおくへ　いくなよ」
そとに　でていこうとする　ジロベに、
タロウが　こえを　かけました。
みんなが　えだで　のんびり　休（やす）んでいると、

そとから　ジロベの　さけぶ　こえが　しました。
「うわー　たすけて！」
ほそい　えだを　ハンモックにして　ねていた
ゴエジイは、とびおきて、はっぱを
かきわけ　でていきました。
「クマンバチか？」
タロウが　つづきます。
「やだ　こわい」
タマコが　はっぱの　なかに　かくれます。

「タマコは、 そこを うごかないで」
サンタが そういって タロウを
おいかけました。

ブーン
ブーン
ブーン

タロウは、 木(き)の そとに でたとたん、
すごい 音(おと)を ききました。
やっぱり クマンバチです。

せなかだけが　きいろくて　あとは　ぜんしん
まっくろで、大きさは　タロウの　かおほども
あります。ブーンと　いうのは、クマンバチの
はねの　音なのです。

それも、三びきも　います。

「こっちに　くるな！　あっち　いけ！」

花を　たくさん　かかえて、はっぱに　はんぶん
かくれている　ジロベに、クマンバチが
かわるがわる　むかっていきます。

「ジロベ！　花をすてるんじゃ！」
ゴエジイは　とびながら　さけびました。
「あ！　ゴエジイ！　たすけて！」
「花を　はなせ！　クマンバチは　花を
ひとりじめしたいのじゃ。とろうと　するものは、
だれでも　こうげきしてくるぞ！」
「え、だって、これ　あまいし」
ジロベが　花を　はなさないので、
タロウが　おこって、

「クマンバチの　どくばりに　さされるぞ！」
と　さけびました。
どくばり、という　ことばを
きいて、ブルブルブルッと
ふるえた　とたん、ジロベは
ちょっと　おしっこを
もらしました。
そして　花を
ほうりだしました。

でも、クマンバチの　いかりは　おさまりません。
まだ、ジロベに　とびかかります。ゴエジイは、
「よし、水を　まいて　おいはらおう」
と　いい、空中で
しゅうちゅうしました。
すると、ゴエジイの
かおの　下の　ほうの
せんが　ゆらゆらと
なみを　たてはじめました。

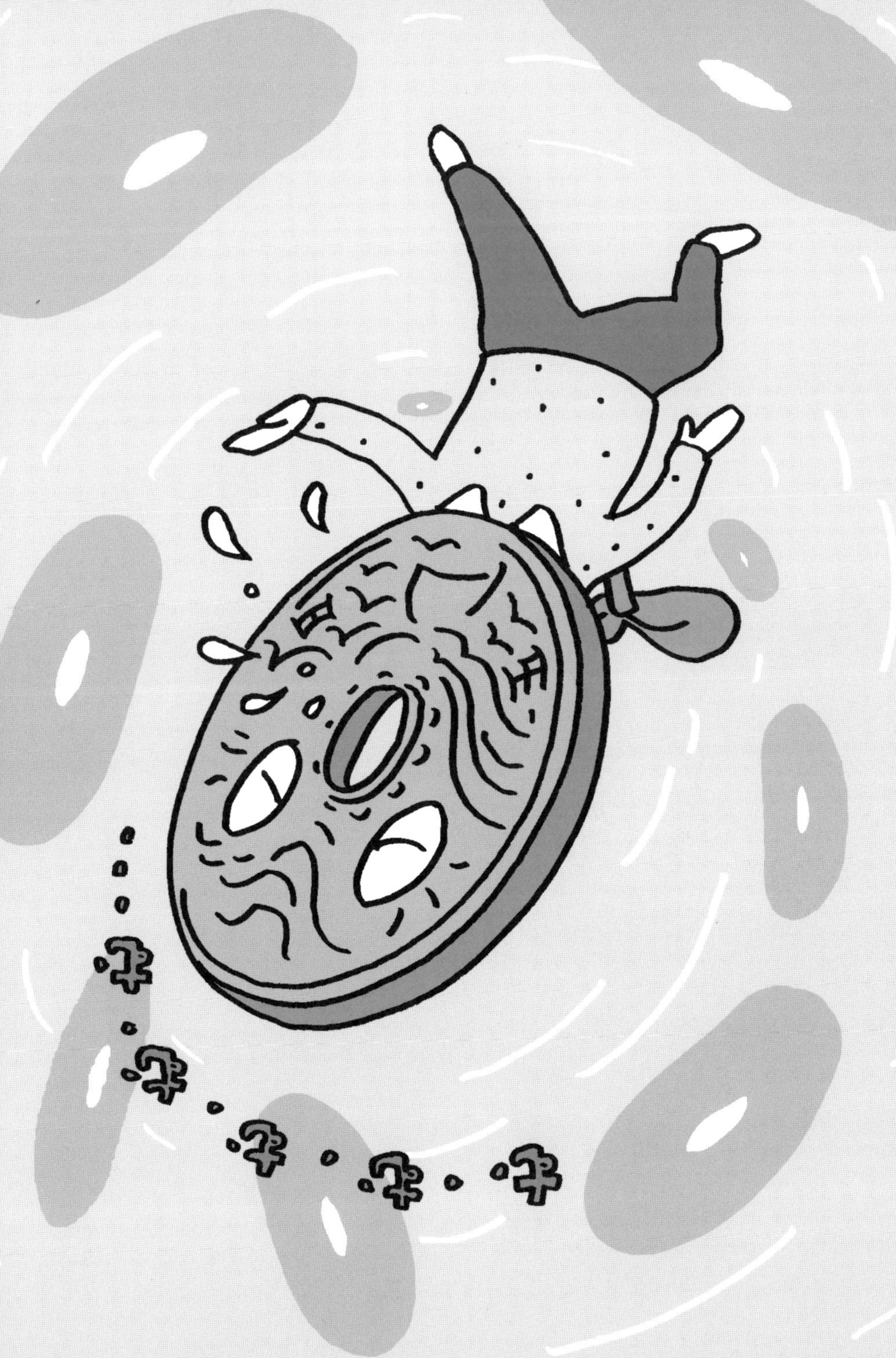

ピシャ――――！

いきなり　ゴエジイの
あなから、水しぶきが
ふきだしたのです。
さすがの　クマンバチも
びっくり。あわてて
にげていきました。
ところが、一ぴきだけ
一ばん　大きな

ピ

クマンバチの　ボスが
のこりました。
　いかりくるった
大きな　クマンバチは、
おしりの　どくばりを
出したり　ひっこめたり
しながら、ゴエジイを
ねらっています。いまにも
つっこんできそうです。

「ゴエジイ、にげようよ」

タロウは　いいました。ゴエジイは、だまって　クマンバチを　にらんでいます。クマンバチの　ちかくには、まだ　ジロベが　いるのです。クマンバチも、空中（くうちゅう）に　とまって、ブンブン　はねを　ならしながら、ゴエジイを　にらんで　いましたが、きゅうに　ジロベの　ほうを　むきました。ジロベを　見る（み）と、なんと　もう　のんきに　べつの　花（はな）を　たべようとしています。

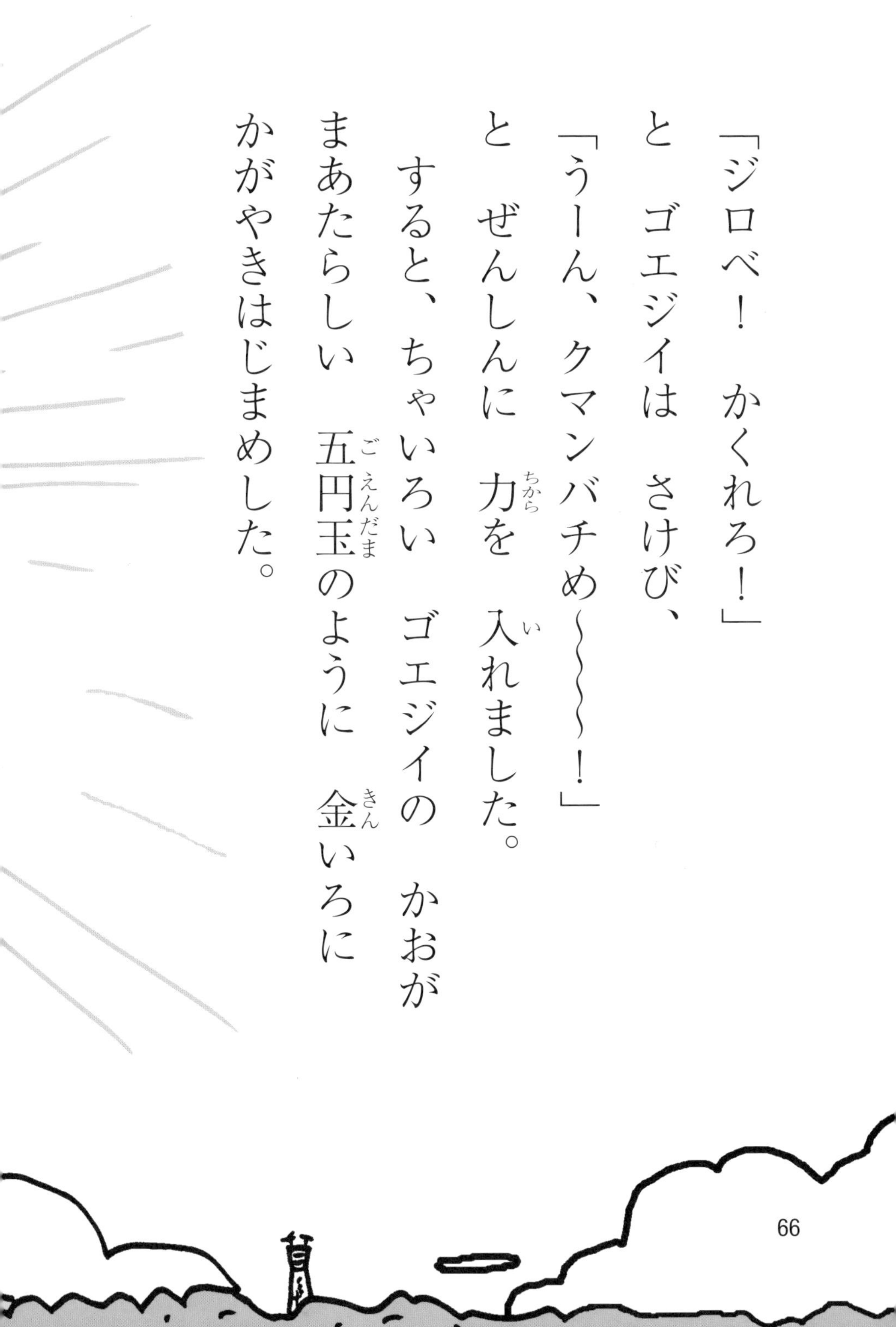

「ジロベ！　かくれろ！」
と　ゴエジイは　さけび、
「うーん、クマンバチめ〜〜〜〜！」
と　ぜんしんに　力（ちから）を　入（い）れました。
すると、ちゃいろい　ゴエジイの　かおが
まあたらしい　五円玉（ごえんだま）のように　金（きん）いろに
かがやきはじめました。

クマンバチが　ジロベに　おそいかかろうとした
しゅんかん、ゴエジイの　あなから
バチバチ　バチバチバチッと　こうせんが
はっしゃされ、クマンバチに
めいちゅうしました。

クマンバチは、
ジグザグに
ふっとびました。

クマンバチは、目を　まわして　ふらふらと
おちていき　二どと　上がってきませんでした。
「ちょう　すごい……」
サンタが　しずかに　いいました。

みんな　いそいで　うちに　かえります。
「きょうの　ぼうけんのことは、パパや
ママや　おねえちゃんや　おにいちゃんには、
くれぐれも　ないしょじゃからな」
ゴエジイが　いうと、みんな　うなずきました。
ジロベが　タマコを　見(み)ると、あたまに
カキナムートの　小(ちい)さな　花(はな)を　つけています。
ジロベは、おこった　こえで　いいました。
「あ、もってきちゃ、いけないんだぞ！」

「だって　ゴエジイが　これだけなら　いいって」

「だーめ！」

ジロベは　タマコの　花(はな)を　むりやり
とってしまいました。

「ジロベ、ひどーい！」

タマコは　なきそうに　なりました。

「パパに　ばれたら　たいへんだろ。ボクが
たべて　なくしてやる」

そういって、ジロベは　その花(はな)を　すばやく

口に　入れました。そのとたん、
「うわっ！　すっぱ！　すっぱ！
すっぱーい！」
ジロべは　かおを
くしゃくしゃに　して
花を　はきだしました。
「ハッハッハ、木の　なかの
花は　おいしくないと
いったじゃろう？」

ゴエジイが　わらい、
タマコが、
「わーい、ばちだ。
ばちが　あたったんだ」
と　いったので、
みんな　とびながら
大(おお)わらいしました。

むこうの　おかの　上に、
みんなの　うちが
見えてきました。
にしの　空が
ゆうやけっぽく
なりはじめています。

おねえちゃんは ごはん いらないの?
みんな、たくさん たべろよ!
あ、ダイエットの つもりだな
うるさいわね!

ジロベ、たべないのか?
花をたべすぎた…
しー
フフフ
だからいったじゃない!

●著者紹介

久住昌之　作

1958年生まれ。作家。1999年に、弟・卓也氏との共著『中学生日記』(青林工芸舎)で、文春漫画賞を受賞。代表作に、『孤独のグルメ』<谷口ジロー・絵>(扶桑社)、『かっこいいスキヤキ』<泉昌之名義>(扶桑社文庫)などがある。

久住卓也　絵

1963年生まれ。絵本作家、イラストレーター。コミック、絵本、挿絵等で活躍。1990年より、兄・昌之氏とQ.B.B.としても作品を発表。代表作に、『むしたちのうんどうかい』をはじめとする「むしたち」シリーズ<得田之久・文>(童心社)がある。

1円くんと五円じい

久住昌之　作／久住卓也　絵

2010年9月　第1刷
発行者／坂井宏先　　編集／髙林淳一　小堺加奈子
発行所／株式会社ポプラ社
〒160-8565　東京都新宿区大京町22-1
電話（編集）03-3357-2216　（営業）03-3357-2212
（お客様相談室）0120-666-553　FAX（ご注文）03-3359-2359
（振替）00140-3-149271
ホームページ／http://www.poplar.co.jp
印刷・製本／図書印刷株式会社
企画・協力／株式会社ウィズ

ISBN978-4-591-11474-2　N.D.C.913／80P／22cm

パパと ママとピクニック

50円おねえちゃんと10円にいちゃん